Tyranono

Une préhistoire d'intimidation

Gilles Chouinard et Rogé

LES ÉDITIONS DE LA
BAGNOLE

À l'école des Saints-Fossiles, des élèves s'amusaient à intimider le déjà timide Tyrano. Encouragés par le vilain Tyran, qui lui avait trouvé un surnom méprisant, ils le bousculaient à qui mieux mieux en lui lançant cette comptine :

— Tyrano-Tyranono, Tyrano-Tyranono !
— T'es vraiment le plus nono de tous les Tyranonos !

Et Tyrano répliquait tout bas :

— Ze suis pas Tyranono, ze suis Tyrano et ze suis pas nono.
C'est pas zuste.

De récréation en récréation, le petit jeu se répétait...

— Tyrano-Tyranono, Tyrano-Tyranono !
— T'es vraiment le plus nono de tous les Tyranonos !

Chaque matin, dans la cour d'école, lorsqu'on choisissait les joueurs pour une partie de ballon-chasseur, Tyrano était laissé de côté.

Et chaque jour, Tyrano devait subir d'humiliantes moqueries.

— Tyranono, t'es tout rouillé ! Est-ce que t'as passé l'hiver en dessous de la neige ?

— Tyrano-Tyranono, Tyrano-Tyranono !

— T'es vraiment le plus nono de tous les Tyranonos !

Encouragé par ses vilains amis, Tyran le faisait trébucher et lui volait toujours son bonnet.

Le soir à la maison, la maman et le papa de Tyrano essayaient
de comprendre pourquoi leur petit garçon était si triste.

— Qu'est-ce qui ne va pas, mon chéri ?
— Rien, maman. Ze suis zuste un peu fatigué.

Il ne voulait pas parler de Tyran parce qu'il craignait
de s'attirer encore plus d'ennuis. Et son papa finissait
toujours par se fâcher.

— C'est le troisième bonnet que tu perds ce mois-ci.
Mais où as-tu donc la tête ? Va réfléchir dans ta chambre !

Lorsqu'il se glissait dans son lit pour la nuit, Tyrano avait
du mal à s'endormir. Il pensait au lendemain… où il lui faudrait
bien retourner à l'école et affronter Tyran de nouveau.

Quand les grandes vacances arrivèrent, Tyrano se dit qu'il pourrait enfin respirer, oublier Tyran et s'adonner à son passe-temps favori : la pêche.

Par une chaude journée de juillet, alors qu'il taquinait le cœlacanthe, il entendit des appels à l'aide.

— Au secours ! Au secours ! Je me noie ! À l'aide ! Je ne veux pas mourir !

Tyrano reconnut tout de suite cette voix. C'était bien celle de Tyran, qu'il aperçut se débattant dans les rapides. Son radeau s'était renversé. Tyran était peut-être fort, mais il ne savait pas nager.

Tyrano s'approcha de Tyran et, au moment où celui-ci, épuisé, allait se laisser emporter au fond de la furieuse rivière, il plongea à son secours. C'était au péril de sa vie. Son petit corps fut ballotté en tous sens dans les tourbillons du puissant courant. Il avala des tonnes d'eau et perdit Tyran de vue dans les vagues. Évanoui, ce dernier coulait lentement vers le fond.

Alors que leur noyade semblait inévitable, Tyrano reprit courage.
Il plongea et agrippa Tyran par la queue. Avec l'énergie du désespoir,
il réussit à le ramener sur la berge.

Revenu à lui, mais encore sous le choc, Tyran fut tout étonné d'avoir
été sauvé par Tyrano, à qui il avait fait tant de misères.

— Je te dois la vie, Tyrano – c'était la première fois qu'il l'appelait par
son vrai nom. Pardonne-moi pour tout ce que je t'ai fait. Désormais,
tu peux compter sur moi. Je serai toujours ton ami. Est-ce que tu es
d'accord, Tyrano... mon ami ?
— Euh... ze suis d'accord, Tyran... mon ami, répondit Tyrano, heureux.

À la rentrée des classes, les amis de Tyran
entonnèrent en chœur :

— Tyrano-Tyranono, Tyrano-Tyranono !
— T'es vraiment le plus nono...

Tyran leur coupa la parole :

— Ça suffit ! C'est mon ami ,Tyrano. Allez, Tyrano,
raconte-leur notre aventure sur la rivière.

Tyrano raconta tout en détail, suscitant
l'admiration de tous les élèves.

L'année scolaire fut tellement
plus douce pour Tyrano.

Par une belle nuit claire, Tyrano s'éveilla en sursaut.
Sa maison était la proie des flammes. Le feu léchait les
murs et courait rageusement sur les plafonds. Tyrano cria
très fort pour réveiller ses parents, sans succès. Il tenta
d'atteindre la chambre de sa petite sœur, mais la fumée
était si dense qu'il s'évanouit.

Pendant ce temps, Tyran, qui ne dormait pas,
remarqua une étrange lueur par sa fenêtre...

Tout semblait perdu pour Tyrano et sa
famille lorsque, soudain, Tyran fit irruption
dans la maison, accompagné de dix valeureux
pompiers – des brontosaures qui crachèrent
toute l'eau qu'ils avaient puisée dans la rivière.

Malgré l'étouffante fumée et des morceaux brûlants qui tombaient
du plafond, Tyran prit Tyrano et toute sa famille sur son dos.
Il les transporta à toute vitesse hors de la maison, qui n'était plus
qu'un immense brasier. Par bonheur, tous survécurent à l'incendie.

Quelques jours plus tard, une cérémonie officielle fut organisée sur la grande place du village. La mairesse elle-même distribua les médailles de courage et prononça ce discours :

— À toi, Tyrano, qui as sauvé Tyran de la noyade... À toi, Tyran, qui as sauvé Tyrano de l'incendie. Le feu et l'eau vous étiez... Mais le feu et l'eau ont fait de vous d'éternels amis.

fin

ROGÉ AUX ÉDITIONS DE LA BAGNOLE :

Haïti mon pays, poèmes d'écoliers haïtiens illustrés par Rogé
Mingan mon village, poèmes d'écoliers innus illustrés par Rogé

À ma sœur et mes frères — Gilles

À Léo — Rogé

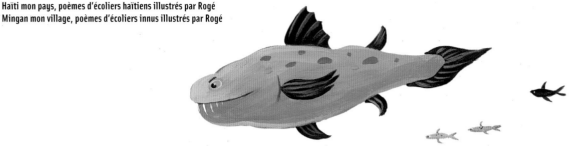

DISTRIBUTION EN AMÉRIQUE DU NORD

Canada et États-Unis :
Messageries ADP*
2315, rue de la Province
Longueuil (Québec) J4G 1G4
Pour les commandes : 450 640-1237
messageries-adp.com
*Filiale du Groupe Sogides inc. ;
filiale de Québecor Média inc.

DISTRIBUTION EN EUROPE

France :
INTERFORUM EDITIS
Immeuble Paryseine
3, Allée de la Seine
94854 Ivry-sur-Seine Cedex
Pour les commandes : 02.38.32.71.00
interforum.fr

Belgique :
INTERFORUM BENELUX SA
Fond Jean-Pâques, 6
1348 Louvain-La-Neuve
Pour les commandes : 010.420.310
interforum.be

Suisse :
INTERFORUM SUISSE
Route A.-Piller, 33 A
CP 1574
1701 Fribourg
Pour les commandes : 026.467.54.66
interforumsuisse.ch

Catalogage avant publication de Bibliothèque et Archives nationales du Québec et Bibliothèque et Archives Canada

Chouinard, Gilles, 1957-

Tyranono : une préhistoire d'intimidation

Pour enfants de 5 ans et plus.

ISBN 978-2-89714-022-9

1. Intimidation - Romans, nouvelles, etc. pour la jeunesse. I. Rogé, 1972-   . II. Titre.

PS8605.H67T97 2012   jC843'.6   C2012-940879-4
PS9605.H67T97 2012

GROUPE VILLE-MARIE LITTÉRATURE   ÉDITIONS DE LA BAGNOLE   INFOGRAPHIE
VICE-PRÉSIDENT À L'ÉDITION   ÉDITRICE ET DIRECTRICE LITTÉRAIRE   Folio infographie
Martin Balthazar   Jennifer Tremblay

ISBN 978-2-89714-022-9
Dépôt légal : 3e trimestre 2012
Bibliothèque et Archives nationales du Québec
Bibliothèque nationale du Canada

LES ÉDITIONS DE LA BAGNOLE
Groupe Ville-Marie Littérature inc.
Une société de Québecor Média inc.
1010, rue de la Gauchetière Est
Montréal (Québec) H2L 2N5
Tél. : 514 523-1182 • Téléc. : 514 282-7530
vml@sogides.com
leseditionsdelabagnole.com

Nous reconnaissons l'aide financière du gouvernement du Canada par l'entremise du Fonds du livre du Canada (FLC) pour nos activités d'édition.

Nous remercions le Conseil des Arts du Canada de l'aide accordée à notre programme de publication.

Les Éditions de la Bagnole bénéficient du soutien de la Société de développement des entreprises culturelles du Québec (SODEC) pour leur programme d'édition.

Gouvernement du Québec – Programme de crédit d'impôt pour l'édition de livres – Gestion SODEC

Merci à Fannie Loiselle pour sa précieuse collaboration.

Imprimé en Chine